"
貓咪的日常
"

Kitty's everday

謝旻琪 —— 著

淡江大學出版中心

貓咪的日常

作　者／謝旻琪

出版者／淡江大學出版中心

地　址／新北市淡水區英專路151號

電　話／(02)86318661

出版日／2019年08月

定　價／NT$260元

ISBN／978-957-8736-35-1

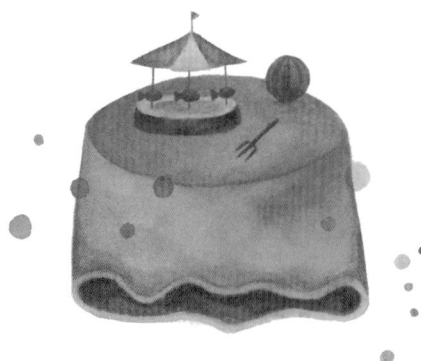

星期日，有著剛剛好的氣氛，心情也剛剛好。
我用有古董蕾絲的漂亮杯子，
幫自己做了一杯小魚咖啡歐蕾。
再多一點牛奶、再多一點牛奶，
味道都是這麼剛剛好。

星期一，我什麼都不想做。

在焦躁的空氣裡，我不想看書、不想寫字，

不想不想不想的意念一直蔓延，穿透我自己。

我的心破了一個洞。

星期二，突然好想吃蛋糕。
懷念起多年前的下午茶，
我們一起唸著那些發音特殊的名字：
焦糖榛果賈南雪、
薰衣草蜂蜜舒芙蕾、
栗子可可瑪德蓮，
像是一堂甜蜜的發音練習課。

wednesday

星期三，我去散步，
在午後的轉角處，提醒自己慢下來。
像當年在小鎮旅行的我，慢慢感受陽光，
就算突然下雨，也一樣慢慢的。
然後看著前方慢慢散步的老先生，
拿出一束花，送給身邊的妻子。

星期四，好多飛揚的、愉悅的思緒，
但我不想說。
我安安靜靜的，忍著嘴角的笑意，不發一語，
只有微微跳躍的鞋，和輕輕晃動的傘，
會不小心顯露我的心情。

Friday

星期五，陽光有些像秋天，有一點回憶的味道。
我寫了一封信，寄給過去的自己。
還記得當時，特地去了我最喜歡的動物園，
雖然快樂，但是看到不再熟悉的大象，
我還是掉下了眼淚。

星期六，一個太適合野餐的日子。
帶著我最愛的鹽可頌和奶油捲，和你最喜歡的吐司，
去我上次說要帶你去的湖邊，
一起看看漂亮的樹和成群的鴨，
一起在暖和的陽光下懶懶洋洋。

又是星期日了。
找一間滿滿砂糖氣味的可愛咖啡店，和姊妹淘一起，
把黏膩的世俗和刺眼的風關在玻璃窗外，
把成串的話語、瑣碎的情緒，通通攪拌到旋轉的茶杯裡。

_____

_____

_____

_____

_____

_____

_____

_____

_____